CATALOGUE

DU CABINET ET DES OBJETS GARNISSANT L'ATELIER

De M. Alphonse DAVID, Artiste-Peintre

QUI SE COMPOSE DE

TABLEAUX ANCIENS

EN PARTIE DE L'ÉCOLE FRANÇAISE

TABLEAUX DE MAITRES MODERNES

300 Études et Esquisses par et d'après les Maitres anciens et modernes

100 MINIATURES, DESSINS, GOUACHES & PASTELS

OBJETS D'ART ET DE CURIOSITÉ

Porcelaines et Faïences, Meubles, Armes, Étoffes

LIVRES SUR LES ARTS, MONNAIES ANCIENNES

BEAU MANNEQUIN ET OBJETS D'ATELIER

DONT LA VENTE AUX ENCHÈRES PUBLIQUES AURA LIEU

HOTEL DES COMMISSAIRES PRISEURS

RUE DROUOT, N. 5

SALLE N° 4, AU 1er

Les Jeudi 10, Vendredi 11 et Samedi 12 Mars 1859, à 1 heure

Par le ministère de Me **DELBERGUE-CORMONT**, Commissaire-Priseur

rue de Provence, 8

Assisté de M. **DHIOS**, Appréciateur, 33, rue Le Peletier,

CHEZ LESQUELS SE DISTRIBUE LE PRÉSENT CATALOGUE

EXPOSITION PUBLIQUE

Le Mercredi 9 Mars 1859, de midi à cinq heures

1859

EXEMPLAIRE DE DHIOS

RENOU ET MAULDE
Imp. de la Comp.ie des Commis.res-Priseurs
rue de Rivoli, 144.

CATALOGUE

DU CABINET ET DES OBJETS GARNISSANT L'ATELIER

De M. Alphonse DAVID, Artiste-Peintre

QUI SE COMPOSE DE

TABLEAUX ANCIENS

EN PARTIE DE L'ÉCOLE FRANÇAISE

TABLEAUX DE MAITRES MODERNES

300 Études et Esquisses par et d'après les Maîtres anciens et modernes

100 MINIATURES, DESSINS, GOUACHES & PASTELS

OBJETS D'ART ET DE CURIOSITÉ

Porcelaines et Faïences, Meubles, Armes, Étoffes

LIVRES SUR LES ARTS, MONNAIES ANCIENNES

BEAU MANNEQUIN ET OBJETS D'ATELIER

DONT LA VENTE AUX ENCHÈRES PUBLIQUES AURA LIEU

HOTEL DES COMMISSAIRES-PRISEURS

RUE DROUOT, N. 5

SALLE N° 4, AU 1er

Les Jeudi 10, Vendredi 11 et Samedi 12 Mars 1850, à 1 heure

Par le ministère de Me **DELBERGUE-CORMONT**, Commissaire-Priseur
rue de Provence, 8

Assisté de M. **DHIOS**, Appréciateur, 33, rue Le Peletier,

CHEZ LESQUELS SE DISTRIBUE LE PRÉSENT CATALOGUE

EXPOSITION PUBLIQUE

Le Mercredi 9 Mars 1850, de midi à cinq heures

1850

ORDRE DES VACATIONS

LE JEUDI 10. — Tableaux anciens et modernes, Études et Esquisses.

LE VENDREDI 11. — Continuation des Tableaux, Objets d'art, Meubles, Bordures et Objets d'atelier.

LE SAMEDI 12. — Les Miniatures, Objets de montre, Livres sur les Arts et les Monnaies.

CONDITIONS DE LA VENTE

Elle sera faite au comptant.

Les acquéreurs paieront en sus des adjudications cinq pour cent applicables aux frais de vente.

AVIS

La vente des Estampes et Dessins composant la Collection de M. ALPHONSE DAVID, sera ultérieurement annoncée.

DÉSIGNATION

DES

TABLEAUX ANCIENS

AUBRY.

1 — La Fille repentante.

BALEN (Van).

2 — La Vierge et l'Enfant.

BARROCHE (F.).

3 — Sainte famille.

BIDAULT.

4 — Paysage (étude).

BOILLY (L.).

5 — Jeune fille à la fontaine.

6 — Les amateurs d'estampes.

7 — Deux portraits d'homme.

8 — Jeunes filles dans un parc.

9 — Sujet historique.

BONNINGTON (d'après RUBENS).

10 — Le mariage de Marie de Médicis (Esquisse).

BOUCHER (F.).

11 — Enfants parmi les fleurs.

12 — Tête de jeune fille.

13 — Paysage avec pont et ruines.

BOURDON (S.).

14 — Portrait d'homme.

BOTH (genre de).

15 — Paysage et bergers.

BREUGHELL.

16 — Étude de figures et animaux.

CHAMPAIGNE (PHILIPPE de).

17 — Le Père éternel.

CHARDIN (J. B. S.).

18 — Tête de jeune garçon.

COYPEL.

19 — Portrait d'un vieillard.

DAVID (L.).

20 — Bélisaire (étude).

DETROY.

21 — Portrait de jeune femme.

EISEN.

22 — Enfants endormis.
23 — Jeux d'enfants, peinture sur fond d'or.

ÉCOLE ALLEMANDE.

24 — La mort de Lucrèce.

ÉCOLE FRANÇAISE.

25 — Des voyageurs se désaltèrent à une fontaine.
26 — Portrait d'homme; époque Louis XIV.
26 *bis.* — Deux portraits de jeunes femmes (ovales).
27 — Charmant portrait de femme (pastel).
28 — Le génie de la sculpture.
29 — Vase de fleurs.

ÉCOLE FLAMANDE.

30 — Un fumeur.

ÉCOLE HOLLANDAISE.

31 — Marine.

ÉCOLE ITALIENNE.

32 — Le denier de César.

FRAGONARD (Honoré).

33 — Jeune fille mettant sa jarretière.
34 — Sujet mythologique.
35 — Portrait de jeune femme le sein découvert.
36 — Paysage avec personnages.

FORBIN (le comte de).

37 — Architecture avec figures.

GAUTHEROT.

37 bis. — Sujet historique.

GÉRARD (Mlle).

38 — Tête de jeune fille.

GÉRARD (F.).

39 — Tête de jeune garçon.

GÉRARD (attribué à).

40 — Portrait de Bonaparte.

GÉRICAULT (T).

41 — Portrait d'un mameluck.
42 — Cheval à l'écurie (esquisse).

GREUZE (attribué à).

43 — Tête de jeune paysanne.

GREUZE (genre de).

44 — Deux portraits.

GUERCHIN.

45 — Sujet religieux.

HALLÉ (N.).

46 — Sainte famille.

HEEM (David de).

47 — Nature morte.

ISABEY (d'après REYNOLDS).

48 — Portrait historique.

JOULLAIN.

49 — Amours parmi des fleurs

LAFOSSE.

60 — Sujet mythologique.

LARIVIÈRE.

51 — Mort d'Hyppolite.

LEMOINE.

52 — Persée délivrant Andromède.

LÉPICIÉ.

53 Portrait d'un jeune homme.

MEULEN (Van der).

54 — Prince à cheval.

MICHEL.

55 — Paysage (étude).

MIGNARD.

56 — Portrait de jeune dame

MOUCHY.

57 — La Vierge et l'Enfant.

NATTIER (M.).

58 — Portrait de jeune femme (ovale).

OUDRY (J.-B.)

59 — Fruits et gibier (étude).

OUDRY.

60 — Portrait d'un jeune garçon avec un canard.

PARROCEL.

61 — Une Bataille.

PARROCEL.

62 — Cavaliers dans un paysage.

PATER.

63 — Un Mariage sous Louis XV (esquisse).

POTTER (d'après Paul.).

64 — Animaux au pâturage.

PRUD'HON (P.-P.).

65 — Joseph et la femme de Putiphar.

Le dessin de ce tableau appartient à la collection de MM. *Marcille*.

PRUD'HON (Pierre-Paul).

66 — Portrait de l'impératrice Joséphine.

PRUD'HON (d'après Carrache).

67 — Hercule et Omphale (dessin).

RAPHAEL (d'après).

68 — La belle Jardinière.

REGNAULT.

69 — La Nativité.

RIBERA.

70 — Apparition d'un ange à deux saints.

ROBERT (Hubert).

70 bis. — Grotte et cascades.

SALVATOR ROSA.

71 — Marine, effet de nuit.

SCHALL.

72 — Jeune femme près du feu.

SUBLEYRAS.

73 — Le Mariage de la Vierge.

TRINQUESSE.

74 — Portrait d'une jeune mère et de son enfant.

VAN-LOO (C.).

75 — Tête de jeune fille.

VAN LOO.

76 — Descente de croix (grisaille).

VIGNERON (1816), signé.

77 — Portrait de Louis XVIII.

VINCENT.

78 — Une esquisse.

DÉSIGNATION

DES

TABLEAUX MODERNES

——◆——

ÉTUDES, ESQUISSES ET COPIES
d'après les Maîtres anciens.

COIGNARD.

79 — Femme couchée dans un paysage.

DAVID (A.).

80 — L'Embarquement du proscrit.
80 bis — Intérieur d'une famille suisse.

DEVÉRIA (A.).

81 — La Déclaration.

DECAMPS.

82 — Paysage avec chasseur.

DECAMPS.

83 — Combat de Grecs contre des Turcs.

DECAMPS.

84 — Paysage avec mare d'eau (esquisse).

DECAMPS.

85 — Un Chasseur (esquisse).

DECAMPS (attribué à).

86 — Bataille (esquisse).

DIAZ (N.).

87 -- Étude de forêt.

DIAZ (N.).

88 — Étude de tronc d'arbre.

DIAZ (N.).

88 bis. — Étude d'arbre.

DIAZ (N.).

89 — Deux paysages (études).

DUPRÉ (Jules).

90 — Paysage (étude).

DUPRÉ (Jules).

91 — Maisons de pêcheurs au bord de la mer.

ENFANTIN.

92 — Deux études de paysages.

FLERS.

93 — Etude de paysage.

FLERS.

94 — Étude de forêt avec deux vaches couchées.

GUDIN (T.).

95 — Une plage.

ISABEY (E.).

96 — Paysage marine (étude).

JADIN.

97 — Sept études paysages et marines.

JAMARD.

98 — Trois études de chevaux.

LEDIEU (Ph.).

99 — Sujet de chasse.

ROQUEMONT.

100 — Marine avec bateaux pêcheurs.

ROQUEMONT.

101 — Paysage avec moulin.

T. B., signé.

102 — Paysage avec vaches et moutons.

VERNET (Horace).

103 — Un Naufrage (esquisse).

VERNET (Horace).

104 — Cheval (étude).

VERNET (attribué à Horace).

105 — Course de chevaux.

ÉCOLE MODERNE.

106 — Scène d'intérieur.

107 — **300 Tableaux** : *Études, esquisses et copies par et d'après des maîtres anciens et modernes en grande partie de l'École française.*

OBJETS D'ART ET DE CURIOSITÉ

MINIATURES, DESSINS

ET BORDURES SCULPTÉES

108 — Environ cent miniatures, *gouaches, dessins fixes et pastels de maîtres français,* parmi lesquels on remarque des portraits par Isabey; des dessins par F. Boucher, Cochin et autres bons maîtres.

109 — *Un manuscrit*, plusieurs lots de miniatures sur vélin, provenant d'anciens livres d'Heures et missels des xv° et xvi° siècles ; quelques dessins chinois et persans.

110 — QUANTITÉ DE BORDURES *en ébène, écaille, bronze, bois sculpté et doré.*

111 — Petit cabinet en ébène.

112 — Une commode en bois rose garnie de cuivres dorés, époque Louis XV.

113 — Un chiffonnier en bois rose.

114 — Deux fauteuils en bois sculpté.

115 — Trois boîtes en palissandre, avec marqueterie de cuivre.

116 — Une table de Jacquet, bois rose.

117 — Un grand bureau plat à deux faces. Bois rose.

118 — Une commode Louis XIII, garnie de cuivres.

119 — Une commode bois rose et marqueterie, garnie de cuivres ; époque Louis XVI.

120 — Une commode, bois sculpté, garnie de cuivres ; époque Louis XV.

121 — Une bibliothèque en marqueterie de Boule.

122 — Une console en acajou ; époque Louis XVI.

123 — Plusieurs coffrets et médaillers anciens en laque, bois, fer et cuir, et autres meubles.

124 — PORCELAINES ET FAÏENCES ANCIENNES de Chine, du Japon et de Sèvres. Potiches, cornets, bouteilles, buires, beaux et grands plats, sucriers, bols, tasses, soucoupes, figurines, etc.

124 bis — Quelque pièces en faïence de Rouen et de Delft.

125 — ARMES ANCIENNES : Poignards, couteaux de chasse, sabres; épées, hallebardes, lances, fusils, pistolets, casques, cuirasses et autres.

OBJETS DIVERS.

126 — Nombre de pièces en verrerie de Venise et de Bohême.

127 — Quelques groupes et statuettes en biscuit.

128 — Trois mandolines et guitare.

129 — Plusieurs glaces anciennes, dont une à biseau, avec cadre en écaille.

130 — **Étoffes brodées en fin et** ... ... **anciennes,** *costumes dive*... ... ...er de peintre.

131 — Plusieurs consoles supports en bois sculpté et doré.

132 — Bas-reliefs et médaillons en bronze, cuivre repoussé, ivoire sculpté, Christ, rappes, boîtes; émaux de Limoges; objets en fer ciselé, et quantité de menus objets d'art divers.

Objets d'atelier.

133 — Un beau mannequin mécanique, grandeur nature, modèles en plâtre, boîtes à couleur, chevalets et tous les objets omis.

134 — **500 volumes, livres sur les Beaux-Arts.**

135 — Quantités de monnaies anciennes.

RENOU et MAULDE, Imprimeurs de la Compagnie des Commissaires-Priseurs, rue de Rivoli, 144.   1207